LE COMTE DE CHAMBORD

ET LES

INTRIGUES ORLÉANISTES

DU

MOIS D'AOUT 1873

PARIS

LIBRAIRIE DE E. DENTU, ÉDITEUR

PALAIS-ROYAL, GALERIE D'ORLÉANS

1884

LE COMTE DE CHAMBORD

ET LES

INTRIGUES ORLÉANISTES

DU

MOIS D'AOUT 1873

PARIS

LIBRAIRIE DE E. DENTU, ÉDITEUR

PALAIS-ROYAL, GALERIE D'ORLÉANS

1884

M. le comte de Chambord gênait les Orléanistes, et sa mort a été pour eux comme une délivrance [1].

Ils n'ont pas cessé, nul ne saurait le nier, d'être les adversaires du Roi, pendant toute la durée de son existence, d'en faire l'objet, dans leurs salons, de leurs moqueries, de leurs sarcasmes, et de diriger contre lui, dans leurs journaux, les attaques les plus injustes et les plus perfides.

Nous comprenons donc que les Orléanistes aient vu avec joie disparaître le dernier descendant de Louis XIV, et qu'ils aient salué par leurs acclamations le représentant de la monarchie de Juillet, M. le comte de Paris.

Mais ce que nous comprenons moins, c'est que des royalistes aient suivi leur exemple, et aient mis tant d'empressement à adorer le soleil levant.

Quelle garantie ont-ils pu recevoir d'un prince qui ne parle pas, et qui croit montrer une grande habileté, en jouant le rôle de muet ?

---

1. MONSIEUR DE TROP était le nom donné à M. le comte de Chambord par les familiers des princes d'Orléans.

Ces royalistes, en abandonnant si promptement le drapeau du prince admirable que nous venions de perdre, ont fait voir qu'ils n'avaient pas la foi politique, ni le culte des souvenirs [1].

Aujourd'hui, l'intérêt, l'ambition, les passions les plus misérables, leur font renier publiquement les principes dont M. le comte de Chambord était le noble et courageux représentant.

Il n'osent même pas défendre sa mémoire contre la plus audacieuse et la plus lâche calomnie.

Des écrivains à gages ne se lassent pas de donner à entendre que, si la monarchie n'a pas été restaurée au mois d'août 1873, c'est par la faute de M. le comte de Chambord, et ceux qui se disaient royalistes se taisent !

Et personne n'a encore réfuté cet impudent mensonge !

Où sont-ils donc les anciens légitimistes, les *purs*, comme on les appelait à Versailles, et ne s'en trouvera-t-il pas un pour dire la vérité sur un des faits les plus importants de l'histoire contemporaine ?

[1]. Le 16 octobre 1883, jour anniversaire de la mort de la Reine, nous avons assisté à la messe qui a été dite à onze heures, dans la chapelle du monument expiatoire. Quinze personnes seulement étaient présentes !

M. le comte de Chambord écrivait, le 23 avril 1883, à M. Eugène Veuillot, et à l'occasion de la mort de son illustre frère :

« Je ne puis oublier non plus sa chaleureuse adhésion donnée à ma parole dans toutes les circonstances où j'ai cru devoir élever la voix devant mon pays.

« Spécialement en 1873, alors que nous touchions au port, quand les intrigues d'une politique moins soucieuse de correspondre aux vraies aspirations de la France, que d'assurer le succès de combinaisons de parti, m'obligèrent à dissiper les équivoques, en brisant les liens destinés à me réduire à l'impuissance d'un souverain désarmé, nul autre ne sut pénétrer plus avant dans ma pensée, ni mieux donner à ma protestation son véritable sens. »

Louis XVI disait dans son testament :

« Je recommande à mon fils, s'il avait le malheur de devenir Roi, de songer qu'il se doit tout entier au bonheur de tous ses concitoyens, qu'il doit oublier toute haine et ressentiment, et nommément tout ce qui a rapport aux malheurs et aux chagrins que j'éprouve, qu'il ne peut faire le bonheur du peuple qu'en régnant suivant les lois, mais en même temps qu'un Roi ne les peut faire respecter, et faire le bien qui est dans son cœur, qu'autant qu'il a l'autorité nécessaire, et, qu'autrement, étant lié dans ses opérations et n'inspirant point de respect, il est plus nuisible qu'utile. »

Telle est la pensée qui domine dans cette remarquable lettre de Goritz, du 23 avril 1883.

On peut dire qu'elle renferme le testament politique du petit-fils de Charles X, et, en outre, on y lit la condamnation des intrigues du parti orléaniste, intrigues qui ont été la véritable et unique cause de l'échec subi par les vrais royalistes qui, en 1873, voulaient et poursuivaient avec loyauté la restauration de la monarchie traditionnelle.

Nous trouvons un commencement de preuve de ces coupables intrigues dans le discours prononcé au Sénat, le 22 juin 1877, par M. le procureur général Bertauld.

« C'est M. le duc de Broglie, disait ce savant magistrat, qui a inventé le Septennat; c'est lui qui a dit ou fait dire à M. le comte de Chambord :

« Le trône de France sera vacant tant que vous vivrez, « Monseigneur.

« Si vous voulez hâter le retour de la monarchie, signez « votre abdication ! »

Et M. Bertauld ajoutait :

« C'est M. le duc de Broglie qui a jeté les Orléanistes dans l'aventure et dans l'avortement de la fusion. »

Le *Journal officiel* constate que M. le duc de Broglie est resté silencieux sur son banc.

Mais des preuves incontestables, authentiques, des intrigues orléanistes existent[1].

1. Un de nos amis nous a communiqué, il y a plusieurs années, des pièces qui renfermaient ces *preuves*, et nous aurions été infidèles au

Nous pouvons donner ces preuves, et dévoiler ces intrigues qui ont fait avorter l'entreprise du mois d'août 1873, et dont le maréchal de Mac-Mahon, ainsi que l'a écrit M. Rouher, a été *l'esclave*, malgré son incontestable loyauté [1].

Et puisque la mort du Roi n'a pas encore désarmé la haine de ses ennemis, nous n'hésiterons pas à le faire, et nous remplirons notre devoir, non seulement envers celui que nous avons servi et aimé, mais envers le pays, qui a le droit de connaître la vérité.

Si les partisans de M. le comte de Paris s'en étonnaient et s'en irritaient, le royaliste fidèle leur dirait qu'il ne lui suffit pas que leur prince soit l'héritier légitime de M. le comte de Chambord, et que pour eux, le moment est venu de parler clairement, et de répondre aux questions qu'il prend la liberté de leur poser.

1° M. le comte de Paris désavoue-t-il les manœuvres de ceux qui, il y a onze ans, ont été ses

Roi, si nous lui avions caché la vérité sur les manœuvres des Orléanistes en 1873. Nous ne nous trompions pas, car nous avons reçu un témoignage de la satisfaction de M. le comte de Chambord, à l'occasion du service que nous lui avions rendu, en mettant sous ses yeux la correspondance secrète de ceux qui voulaient *le réduire à l'impuissance d'un souverain désarmé.*

1. Lettre du 1er janvier 1877.

conseillers, ses guides, manœuvres qui, découvertes à temps par M. le comte de Chambord, l'ont empêché d'accepter la couronne qui lui était offerte au mois d'août 1873 ?

2° La Charte de 1830 est-elle le *syllabus* politique de M. le comte de Paris, comme le prétendent ses amis, et l'intention du Prince est-elle de reprendre et de continuer simplement l'œuvre de son grand-père Louis-Philippe ?

3° Le père de M. le comte de Paris, le duc d'Orléans, disait dans son testament du 9 avril 1840 :

« Il faut que le comte de Paris soit, avant tout, un homme de son temps et de la nation ; qu'il soit catholique et serviteur passionné, exclusif, de la France et de la Révolution.

« Hélène sait que ma foi politique m'est encore plus chère que mon drapeau religieux..... »

M. le comte de Paris veut-il être le serviteur passionné de la Révolution, et sa foi politique lui est-elle plus chère que son drapeau religieux ?

Nous attendons la réponse.

CH. DE ROCMONT.

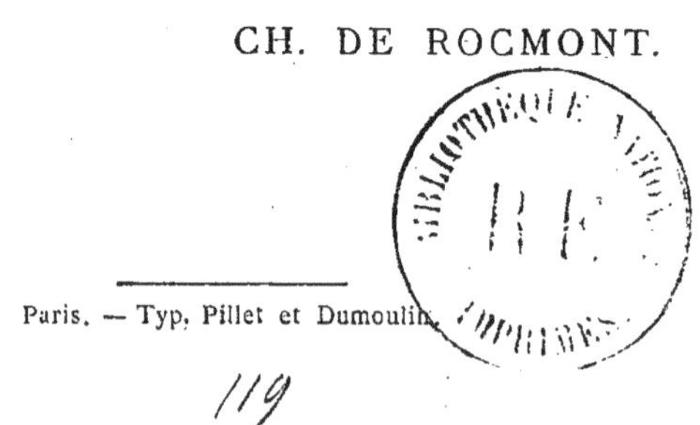

Paris. — Typ. Pillet et Dumoulin.

LE DUC D'ORLÉANS

ET

LE GÉNÉRAL LAFAYETTE,

TRAITÉS CHACUN SELON SON MÉRITE.

JACQUES ET RÉNÉ,

OU

ENTRETIEN

De Deux Moissonneurs

SUR LES EVÈNEMENS DE JUILLET 1830,

Par Ch. L. Rowdeaw,

VÉTÉRAN DE 1789.

PARIS,

CHEZ LES MARCHANDS DE NOUVEAUTÉS.

1830.

PRÉLIMINAIRE.

L'austère vérité m'a dicté cet écrit ; et mon cœur a été le cornet où j'ai trempé ma plume. Que des flatteurs, que des ambitieux encensent l'idole, en vue des faveurs dont elle peut disposer, je leur abandonne volontiers ce soin mercenaire.

Pour moi, qui n'ai connu le duc d'Orléans que par les bienfaits qu'a constamment versés sa munificence sur tous les êtres nécessiteux qui l'ont sollicité, et avec lesquels j'ai souvent fait nombre, je n'ai pas attendu qu'il portât une couronne pour lui exprimer les sentimens dont je n'ai jamais cessé d'être animé pour sa personne auguste. Je pourrais prouver cette assertion par divers morceaux poétiques que j'ai composés, en divers temps, à sa louange ; mais je ne m'arrêterai qu'à celui que je lui ai adressé en mai dernier, et que voici :

« Oh ! que je hais un langage flatteur ;
» Mais que j'aime celui du cœur !

» L'un, du mensonge est l'image tracée,

» L'autre est l'écho de la pensée.

» Or, quand un véridique auteur

» Proclame les vertus d'un tendre bienfaiteur,

» Celui-ci pourrait-il, sans insigne injustice,

» Le soupçonner de trompeuse malice ?

» Dès qu'il s'agit de chanter d'Orléans,

» L'âme et l'esprit du vrai sont les garans :

» De Clio dérobant la plume,

» Aisément le second termine son volume,

» Et dans son vif empressement,

» A son héros il l'offre incontinent.

» Si, jusqu'ici, de ma muse stérile,

» Je n'ai pu recueillir qu'une moisson futile,

» En faveur de ma volonté,

» Qu'on veuille tolérer mon incapacité.

» Oui, prince révéré, des qualités l'emblême,

» Je vous honore et je vous aime !

» Et, dût ma franche liberté

» Vous causer importunité,

» A mon penchant irrésistible

» Daignez vous montrer accessible ;

» Par votre accueil attiser mon ardeur,

» Et pour jamais assurer mon bonheur. »

Jacques et Réné,

OU

ENTRETIEN

DE DEUX MOISSONNEURS

SUR LES ÉVÈNEMENS DE JUILLET 1830.

JACQUES.

Dis-moi donc, Réné, qu'est-c'que c'est qu'tout ça qui viant d'se passer cheux nous?

RÉNÉ.

Pardi, rian que d'juste : on a chassé un mauvais Roi pour en prendre un bon.

JACQUES.

Toi, qu'es un savant, qui lis tous les jours ces grandes feuilles où c'que je n'comprenons rian, explique - moi donc un peu ce qu'tout ça veut dire?

RÉNÉ.

Rien de plus simple : Charles X occupait un trône où il n'était monté qu'après avoir promis de faire exécuter les lois. De perfides conseillers lui ont fait parjurer ses sermens ; et lui et les siens ont été renversés.

JACQUES.

Tout ç'a est très-bian ; j'sentons qu'Charles et tous les coquins qui l'trompaient n'ont que c'qu'ils méritent ; mais, dis-moi, qu'es-ce qu'c'est que c'duc d'Orléans qu'on nous donne à sa place ? j'ai entendu dire qu'c'était encore un Bourbon : et c'te famille-là, vois-tu, n'm'inspire pas beau-coup d'confiance.

RÉNÉ.

Un instant, Jacques : n'va pas confondre l'bon grain avec le mauvais. L'duc d'Orléans est b'en vraiment d'la famille dont nous n'voulons p'us ; mais c'ti-là est un brave homme, qui fait excep-tion avec les autres. C'est un bon Français, et qui en a donné des preuves dans l'temps de c'te grande révolution dont j'ons entendu parler. Il a b'en été persécuté ! car, après avoir fidèlement rempli tous ses devoirs de citoyen, et servi brave-ment dans nos armées, les ingrats et les mauvais sujets, qui dominaient, l'ont proscrit et forcé à s'exiler pour se soustraire à leurs fureurs. C'brave homme, qui n'voulait pas aller mendier dans les cours, ni y conspirer contre son pays, s'est servi, pour subsister, de ses talens; car, vois-tu, Jacques, c'bon duc d'Orléans à b'en d' la science; il en a autant que d'vartus : et je n'crayons pas qu'on aurait pu trouver un Français p'us digne qu'lui d'régner.

JACQUES.

Mais, toi qui sais tout, dis-moi donc, Réné, comment qu'ça s'fait que c'duc d'Orléans, qui n'avait qu'ses talens pour vivre, ait pu s'marier avec la fille d'un Roi; car ces messieurs n'donnent pas comm'ça leurs d'moiselles au premier venu?

RÉNÉ.

Il faut qu'tu saches, mon ami Jacques, que le roi de Naples est un Bourbon, et que l'duc d'Orléans est son cousin. Celui qui régnait alors était réfugié en Sicile et reçut à sa cour son parent. Une figure noble et belle, où se peignaient la bonté, la candeur; une taille avantageuse, des formes bien proportionnées; un esprit brillamment cultivé, toutes ces perfections réunies lui gagnèrent le cœur de la fille du Roi, qui, n'consultant qu'son inclination et le sentiment, sut déterminer son père à consentir à une union que le Ciel s'est plu à bénir, et d'où s'est formée, avec le temps, cette nombreuse et intéressante famille qui fait aujourd'hui l'admiration de tous les vrais appréciateurs du mérite et de la vertu !

JACQUES.

Que t'es heureux, Réné, d'savoir toutes ces belles choses-là ! Comm' tout ce qu'tu viens de m' dire m'cause de plaisir ! Combien que j'serons heureux avec une bonne famille comm'ça !

RÉNÉ.

Oui, mon ami, j'serons heureux. Nous aurons un Roi honnête homme et citoyen, chaste et fidèle époux, tendre et vigilant père, frère chéri d'une sœur qui partage toutes ses vertus ; juste, éclairé, économe, brave, loyal, humain, bon, généreux ; amateur et protecteur des sciences et des arts : en un mot, un tout composé des plus éminentes qualités !

JACQUES.

Tiens, Réné, ne m'en dis pas davantage, car j'sentons que j'ne pourrions p'us t'écouter, tant les pleurs d' la joie et de l'admiration m'suffoquent !

RÉNÉ.

Répandons ensemble, mon ami, de si précieuses

larmes ; prosternons-nous devant le Dieu protecteur de la France ; remercions-le de la grâce qu'il lui a faite de lui donner enfin un bon Roi, et prions-le de le lui conserver !

JACQUES.

Oui, Réné, adorons ce Dieu bienfaisant qui nous a pris en pitié, et formons des vœux pour la prospérité de not'bon Roi, de not'bonne Reine et de toute leur intéressante famille !

LE MÊME.

I'm'paraît, Réné, qu't'a suffisamment profité d'tes lectures, et qu'ta mémoire t'a admirablement servi. N'pourrais - tu, après m'avoir si b'en dépeint l'duc d'Orléans, m'faire le tableau du général Lafayette, qu'j'ne connaissons pas et dont on raconte de si grandes choses ?

RÉNÉ.

Ce Grand-Citoyen n'm'est pa aussi connu que le Grand-Prince ; mais j'possède sur lui qu'euques notions qui pourront te satisfaire : Ecoute - moi bian.

Le général Lafayette est un de ces amis de la liberté, qui en ont sucé le lait dès le berceau. Jeune encore, il partit de France pour aller aider les Américains à secouer le joug de l'Angleterre ;

son courage , sa bravoure , ses talens guerriers le
firent remarquer de l'immortel Washington, dont
il devint le compagnon et l'ami et avec qui il par-
tagea le triomphe de la victoire. L'Amérique,
désormais libre, le héros revint en France, cou-
vert des lauriers qu'il avait si glorieusement mois-
sonnés, et reçut de ses compatriotes le tribut
d'admiration dû à ses grands et nobles exploits !

La France, qui venait d'unir ses armes à celles
du Grand-Peuple, et lui avait aidé à rompre ses
chaînes, était elle-même courbée sous un joug plus
pesant encore que ne l'avait été celui de la Nation
régénérée. Le désordre qui régnait dans toutes
les parties de l'administration, singulièrement
dans les finances, n'annonçait rien moins qu'un
corps en vétusté, et sur qui le temps avait exercé
ses cruels ravages. Les esprits s'agitaient, et la
saine partie de la population, éclairée et instruite,
sentait le besoin d'une grande réforme. Diverses
tentatives furent faites pour atteindre ce but; mais
toutes échouèrent, tant les abus étaient profon-
dément enracinés ! Il fallut recourir à l'extrême
et unique ressource des États-Généraux. Ils furent
convoqués et ouverts sous ce titre ; mais à peine
siégeaient-ils, qu'ils se constituèrent spontané-
ment en Assemblée Nationale, dans laquelle furent fondus les trois ordres du Clergé, de la No-

blesse et du Tiers - État, qui, dans les précédentes réunions, avaient toujours délibéré séparément.

Cet amalgame politique déplut à la Cour et aux orgueilleux et ambitieux des deux premiers Ordres. Le Roi, circonvenu par tous ces dissidens, tenta de dissoudre l'assemblée; il échoua : dès-lors les esprits, déjà suffisamment exaspérés et affamés de liberté, s'enflammèrent davantage encore ; et, deux mois étaient à peine écoulés depuis l'ouverture des Etats, qu'une grande révolution éclata dans la capitale et se propagea dans toutes les provinces avec la même rapidité que celle dont nous venons d'être tout récemment témoins.

La haute réputation qui environnait le général Lafayette, l'éleva, par acclamation, au commandement de la Garde Nationale, qui venait de se créer comme par enchantement. Il serait superflu d'entrer ici dans les détails de tout ce que fit l'habile général pour justifier la confiance mise en lui et dont il fut la victime; car envoyé, lui troisième, pour négocier avec l'Autriche qui nous faisait la guerre ; par la plus lâche trahison, et au mépris du droit sacré des gens , ses collègues et lui furent mis dans les fers, d'où ils ne sortirent que plusieurs années après, ayant été échangés contre la fille du feu Roi.

Lafayette, libre, mais ne pouvant rentrer en France, où sa tête était mise à prix par les monstres qui dominaient alors, et poursuivaient tous les mérites, alla se consoler de tant d'infamies et d'ingratitudes sur le nouveau continent, où le souvenir de la gloire qu'il s'y était acquise l'avait précédé. Tu sens, Jacques, comment il dut être reçu d'un peuple hospitalier dont il était le libérateur !

Cet exil volontaire de Lafayette dura jusqu'à ce que la France s'étant remise de toutes ses grandes secousses révolutionnaires, il eût reconnu qu'il pouvait sans danger reparaître sur le sol natal.

Grand homme, simple, modeste, il vécut retiré au milieu d'amis vertueux comme lui, jusqu'à ce que le vœu de ses concitoyens l'eût appelé de nouveau à la défense de leurs droits dans la Chambre des Députés, où, son éloquence suppléant son bras, il prouva que les ans n'avaient en rien affaibli les mouvemens de son cœur, toujours palpitant pour la sage liberté !

Enfin, mon ami Jacques, tu as vu, comme moi, cet élan unanime des braves Parisiens, redemandant, à grands cris, leur ancien et illustre chef ! Tu as vu le sublime dévoûment de ce héros des Deux Mondes, dans un mouvement où tout flottait encore dans l'incertitude du succès, et où un revers eût inévitablement entraîné sa perte ! Voilà, Jacques, voilà le général Lafayette ! Ferme colonne de notre seconde révolution, comme il l'avait été de la première, comptons que par ses efforts, unis à ceux de notre bon Roi, nous terminerons glorieusement notre heureuse régénération.

JACQUES.

Je n'puis assez t'rdmirer, Réné : qui m'eût dit qu'un homme des champs, maniant comme mei la serpe, savait de si grandes choses! J'croyons, ma foi, qu't'a eu commerce avec le malin esprit. Et où diable as-tu donc appris tout ça?

RÉNÉ.

La nature, mon ami, a seule été mon guide : un peu de c'te chétive instruction qu'nous recevons au village, a suffi pour développer en moi les germes heureux qu'y avait plantés cette bonne mère. Je n'possède point cette éloquence, cette érudition nourries par de profondes études; mais je suis l'impulsion de mon gros bon sens, et, aidé d'un peu de lecture, j'essaie à classer dans ma mémoire les traits saillans qui m'ont frappé. Et tels sont ceux dont je viens de te donner les développemens. Tu désirais connaître les deux mortels destinés principalement à cimenter et à assurer notre bonheur ; je m'suis efforcé de t'satisfaire : ai-je réussi ? A toi seul appartient de résoudre cette question.

JACQUES.

Ah ! Réné, pourrais-tu douter d'la jouissance que tu viens de m'procurer ? Embrassons-nous, mon ami, et volons ensemble vers le temple, pour offrir à l'Éternel nos très-humbles actions de grâces.

RÉNÉ.

Bien pensé, mon ami Jacques, partons.

Paris.—Imprimerie de SÉTIER, rue de Grenelle St-Honoré, n. 29.